De cómo les creció el cuello a las jirafas

a las jirafas

Restrepo, Emilo
De cómo les creció el cuello a las jirafas / Emilo Restrepo;
ilustrado por Nancy Brajer. - 1a ed.
Ciudad Autónoma de Buenos Aires: Uranito Editores, 2013.
32 p.: il.; 21x21 cm. - (Pequeños lectores)
ISBN 978-987-703-028-0
1. Narrativa Infantil Colombiana. 2. Cuentos. I. Brajer, Nancy, ilus. II.
Título CDD Co863.928 2

Edición: Anabel Jurado
Diseño: Natalia Bellini
Ilustración: Nancy Brajer

© 2013 by Emilio Alberto Restrepo
© 2013 by EDICIONES URANO S.A. - Argentina
Paracas 59 - C1275AFA - Ciudad de Buenos Aires
info@uranitolibros.com.ar / www.uranitolibros.com.ar

1ª edición

ISBN 978-987-703-028-0
Queda hecho el depósito que establece la Ley 11.723

Gráfica Pinter
Diógenes Taborda 48 - CABA
Agosto 2013

Impreso en Argentina. *Printed in Argentina*

Emilio Alberto Restrepo

De cómo les creció el cuello a las jirafas

Ilustraciones: Nancy Brajer

URANITO EDITORES

ARGENTINA - CHILE - COLOMBIA - ESPAÑA - ESTADOS UNIDOS
MÉXICO - PERÚ - URUGUAY - VENEZUELA

HACE MUCHÍSIMO TIEMPO, EN UNA REGIÓN DESCONOCIDA, QUE ALGUNOS CIENTÍFICOS UBICAN EN UN VALLE AFRICANO Y QUE POR EVIDENCIAS HISTÓRICAS CREEN PUDO LLAMARSE JIRAFAL, VIVÍA UN APACIBLE REBAÑO DE UNOS ANIMALES QUE HOY PODEMOS CATALOGAR COMO TATARABUELOS DE LAS JIRAFAS, AUNQUE DE CARACTERÍSTICAS UN POCO DIFERENTES A LAS DE ESTAS.

EN EFECTO, SE TRATABA DE UNOS PINTORESCOS CUADRÚPEDOS
CUYO TAMAÑO NO SUPERABA EL DE UN CABALLO ADULTO, Y SUS PATAS
Y CUELLO NO ERAN MÁS LARGOS QUE LOS DE ESTE.

ADEMÁS, LLAMABA LA ATENCIÓN UNA ENORME DIFERENCIA CON LA JIRAFA ACTUAL: POSEÍAN EL DON DEL HABLA, AL QUE SE LE SUMABA UNA INTELIGENCIA UN POCO SUPERIOR A LA DE LOS DEMÁS ANIMALES.

PERO LOS DIOSES, EN EL MOMENTO DE LA CREACIÓN, HABÍAN TRATADO DE RESPETAR EL EQUILIBRIO ENTRE LAS COSAS BUENAS Y MALAS QUE LES LEGABAN A SUS CRIATURAS. Y PARA CONTRARRESTAR AQUELLAS VIRTUDES LES DIERON UN ORGULLO Y UNA SOBERBIA QUE LOS DISTANCIABAN DEL RESTO DEL REINO ANIMAL, Y UNA MARCADA AUSENCIA DE SENTIDO PRÁCTICO QUE, JUNTO CON LO ANTERIOR, LOS HACÍA SERES MUY INFELICES E INCONFORMES. COMO MUESTRA DE ELLO, LAS JIRAFAS VIVÍAN DESCONTENTAS CON SU ESTATURA, PUES CONSIDERABAN QUE NO ERA DIGNA DE SU ARROGANCIA.

NO ACEPTABAN TENER QUE AGACHARSE AL SUCIO SUELO PARA
PODER COMER Y NO SE RESIGNABAN A VER CON LA BOCA HECHA AGUA
LOS RICOS FRUTOS Y LAS VERDES Y DELICIOSAS HOJAS QUE PENDÍAN
DE LOS ÁRBOLES; Y MENOS AÚN QUE SERES QUE CONSIDERABAN
INFERIORES, COMO LOS MONOS Y LAS ARDILLAS, DISFRUTARAN DE
LA COMIDA MÁS QUE ELLAS. CONTEMPLABAN CON INDIGNACIÓN Y
ENVIDIA EL ESPECTÁCULO DE UN PÁJARO PICOTEANDO UNA GUAYABA
O UN GUSANO SABOREANDO UNA MANZANA. LLEGABAN A TAL
EXTREMO QUE MUCHAS YA NO COMÍAN LA VIEJA HIERBA A QUE ESTABAN
ACOSTUMBRADAS, POR CONSIDERAR QUE NO ESTABA A LA ALTURA
DE SU CONDICIÓN.

INQUIETAS, BUSCARON POR TODOS LOS MEDIOS PROBAR LOS TAN ANSIADOS MANJARES, PERO TODO FUE INÚTIL. PARA SATISFACER SU REFINADO GUSTO LLEGARON A INTENTAR HASTA LO IMPOSIBLE.

LAS VIEJAS CRÓNICAS HABLAN DE SUS INTENTOS DESESPERADOS:
UN DÍA, UNA DE LAS MÁS AVISPADAS PROPUSO HACER UNA PIRÁMIDE
JIRAFAL, ES DECIR, MONTARSE UNA SOBRE OTRA HASTA ALCANZAR
LA RAMA DE UN ÁRBOL.

COMO ES DE SUPONER, LA AGILIDAD NO ERA SU FUERTE, Y EL SISTEMA, MÁS ALLÁ DE MÚLTIPLES CONTUSIONES Y FRACTURAS, NO PRODUJO NINGÚN FRUTO. ES MÁS, PRONTO FUE RELEGADO AL OLVIDO CON AMENAZA DE CÁRCEL Y PALIZA PARA QUIEN LO MENCIONARA.

OTRA JIRAFA, CON REPUTACIÓN DE POETA Y FILÓSOFA, PROPUSO UTILIZAR UNA ESCALERA, PERO COMO EN AQUEL ENTONCES LOS FILÓSOFOS ERAN CONSIDERADOS LOCOS Y LOS POETAS INÚTILES, Y LAS ESCALERAS AÚN NO SE HABÍAN INVENTADO, ESTA PROPUESTA FUE DESCARTADA RÁPIDAMENTE.

TAMBIÉN ADOPTARON UN LARGO PALO CON UN GARABATO EN UN EXTREMO PARA ALCANZAR LOS ÁRBOLES, PERO SE DIERON CUENTA DE QUE NO TENÍAN MANOS COMO PARA SUJETARLO. Y CON SUS PEZUÑAS LES RESULTABA IMPOSIBLE.

DESESPERADAS, RECURRIERON A LA QUÍMICA. ELIGIERON UNA JIRAFA DE LAS MÁS LIVIANAS Y LE ADAPTARON EN LA PARTE DE ATRÁS DE SU CUERPO DOS KILOS DE JIRAFINAMITA (UNA ESPECIE DE PETARDO EXPLOSIVO), CON LA ESPERANZA DE QUE, AL ALZAR VUELO, LLEGARA A LA CIMA DEL ÁRBOL Y DESDE ALLÍ LANZARA LOS FRUTOS.

LA DESILUSIÓN LLEGÓ PRONTO. A LA JIRAFA DEL PRIMER INTENTO LA TUVIERON QUE RECOGER CON CUCHARA, PUES SUS PEDAZOS VOLARON POR TODAS PARTES.

A LA SEGUNDA LE DIO HIPO Y LA TUVIERON QUE OPERAR DE URGENCIA PARA SACARLE EL TACO DE JIRAFINAMITA DEL INTESTINO.

CON LA TERCERA SE LES FUE LA MANO, Y FUE TAL LA EXPLOSIÓN, QUE LA PUSIERON EN ÓRBITA Y DAÑÓ UN SATÉLITE DE TV. OTRAS TRES MANDARON UN TELEGRAMA DESDE EL CIELO, DONDE ESTABAN HACIENDO CORO CON SAN PEDRO JIRAFÍN. DADAS LAS DOLOROSAS CIRCUNSTANCIAS, EL TRÁGICO INTENTO TUVO QUE SER ABANDONADO.

YA EN LA LOCURA, A PUNTO DE MORIR DE HAMBRE, UNA JIRAFA
SACERDOTE TUVO LA IDEA DE HACER UNA PEREGRINACIÓN AL OLIMPO DE
LOS DIOSES Y EXPONER SU PROBLEMA.

LOS DIOSES SE COMPADECIERON Y PUSIERON LA SOLICITUD DE LAS JIRAFAS EN LISTA DE ESPERA, PUES HABÍA MUCHAS PETICIONES DE SINDICATOS ANIMALES INCONFORMES CON SU ACTUAL ESTILO.

LLEGADO EL MOMENTO, SE PROPUSIERON VARIAS SOLUCIONES: DISMINUIR EL TAMAÑO DE LOS ÁRBOLES, PARA QUE ASÍ LOS ALCANZARAN FÁCILMENTE, FUE LA PRIMERA, PERO LOS ÁRBOLES PROTESTARON, APOYADOS POR UN CONGRESO DE POLILLAS Y UNA FÁBRICA DE ATAÚDES.

TAMBIÉN SE PROPUSO HACER UN SUPERMERCADO PARA VENDER LOS PRODUCTOS EN TIERRA, PERO EL PAPELEO, LOS REQUISITOS Y UNA HUELGA DE SINSONTES ESTROPEARON EL PROYECTO.

AL REVISAR Y ANALIZAR LOS ARCHIVOS, LOS DIOSES DESCUBRIERON LA SOLUCIÓN AL PROBLEMA, Y ASÍ SE LO PROPUSIERON A LAS JIRAFAS. EN LA CREACIÓN HABÍAN SOBRADO UNOS LARGOS CUELLOS DESECHADOS POR ESTORBOSOS Y UNAS PIERNAS LARGAS Y FLACAS IGNORADAS POR ANTIESTÉTICAS Y DE MAL GUSTO PARA LA MODA DE LA ÉPOCA.

CON ELLO RESOLVERÍAN EL DILEMA Y COMERÍAN A SU GUSTO, PERO TENDRÍAN QUE SACRIFICAR, A CAMBIO, EL HABLA Y LA INTELIGENCIA, COSA QUE LAS JIRAFAS ACEPTARON, PRESIONADAS POR LA FLACURA, EL HAMBRE, EL ORGULLO Y LA TENTACIÓN DE VERSE MÁS ALTAS Y ADQUIRIR UN PORTE ELEGANTE.

A PARTIR DE ENTONCES, FUERON FELICES. LA INTELIGENCIA SE LA DIERON AL PERRO; EL HABLA, AL LORO; Y LA SOBERBIA Y EL ORGULLO, AL PAVO REAL.

EL HOMBRE, UN ANIMAL QUE POR ENTONCES ESTABA EN FASE DE CREACIÓN Y ASIMILABA TODO LO QUE OCURRIERA ALREDEDOR, FUE TAMBIÉN INFLUIDO POR ESTAS CARACTERÍSTICAS Y POR OTRAS MÁS.

PERO DE ESO HABLAREMOS EN OTRA OCASIÓN.